fe

Hauptstraße 22, D-88353 Kisslegg
www.fe-medien.de

Layout & Satz: David Bohl

ISBN: 978-3-86357-380-5

Evangelisation:
HEUTE!

www.wahrheit-erkennen.info

Monika Winter

EVERYBODY ASKS YOU WHAT YOU ARE – BUT NOBODY ASKS WHO YOU ARE!

13 Fragen, die dein Leben verändern könnten

fe

1. FRAGE

WER BIN ICH?

Du bist ein Mensch, du bist einzigartig. Dich gibt es auf der ganzen Welt nur ein einziges Mal!
Ist das nicht verrückt? Keine Kopie gibt es von dir. Es gibt Milliarden von Menschen und doch ist jeder einzigartig. Man hat bisher noch keinen Zwilling gefunden, der identische Fingerabdrücke hat, auch nicht bei eineiigen Zwillingen. Das an sich ist doch schon ein Wunder!

Und glaub jetzt ja nicht, dass wir von einem Affen abstammen. Das ist totaler Quatsch und an den Haaren herbeigezogen. Die Evolutionstheorie von Charles Darwin beinhaltet lediglich, dass der Affe und der Mensch gemeinsame Urahnen hatten. Da könnten wir jetzt lange drin rumstochern und am Ende kommt die Frage aller Fragen: Was war zuerst da, das Huhn oder das Ei?

Nein, du bist ein ganz besonders schöner Gedanke, der Realität geworden ist. Da ist kein Fehler in deinem System, nein du bist genial und wunderbar. Alles an dir ist mit so viel Liebe erdacht worden. Deine Augen, deine Haare, dein Mund und sogar deine Ohren.

Jetzt sagst du aber: Ich hätte gerne eine kleinere Nase, lockige Haare oder kleinere Ohren. Ich kenn das, ich wollte damals auch nicht so aussehen wie ich aussah. Ich dachte, ich sei hässlich und keiner interessiere sich für mich. Deshalb frage dich mal selbst: Wer bin ich wirklich?

Welche Zweifel nagen an meinem persönlichen Bild?
Warum bin ich nicht zufrieden mit meinem Äußeren?

2. FRAGE

WOHER KOMMEN DIESE GEDANKEN?

Hast du dich mal gefragt, woher diese Gedanken kommen? Bei mir waren es damals die Werbeplakate, Zeitschriften und das Fernsehen. Bei euch ist es heutzutage das Handy, YouTube, Snapchat, Instagram oder TikTok. Da ist sie, die scheinbar perfekte Welt! Kein Makel an der Person, ruhmreich und von allen bewundert. Da passt man einfach nicht rein. Man fühlt sich klein, unscheinbar und möchte doch so sehr gesehen werden. Was nicht passt, muss doch passend gemacht werden.

Heute weiß ich, dass das eine Illusion ist. Wenn man sich diesem Fake anpasst, dann ist man nur eine von vielen Kopien und verliert seine Einzigartigkeit. Die Nase wird korrigiert, die Haare gefärbt und die Ohren durch Piercings durchlöchert.

Es gibt z.B. einen Sound auf TikTok, vielleicht kannst du ihn nachempfinden:
„Don't eat
Don't sleep
Don't socialize
Sell your soul for the Hollywood dream."

Dieser Text wurde oft in Zusammenhang gebracht mit der schulischen Leistung. Aber es passt doch auch zum heutigen Leben. Wir müssen ALLES tun, um den 'Standard' unserer Gesellschaft zu erfüllen.

Sind das wirklich deine eigenen Gedanken?
Wer flüstert dir dies ins Ohr?
Werden wir nicht alle immer wieder in die Irre geführt?
Werden auch deine Gedanken manipuliert?

3. FRAGE

WAS IST RICHTIG, WAS IST FALSCH?

Das ist eine gute Frage! Ich denke, falsch ist, wenn du dich verbiegen musst für etwas, das dir nicht liegt oder du nicht bist.

Eins ist sicher, jeder Mensch hat verschiedene Begabungen und Talente, aber auch Schwächen.
Ich z.B. bin eine totale Null in Sport. Über mich wurde im Sportunterricht oft gelacht, weil ich nicht klettern konnte, weil meine Höchstleistung beim Bodenturnen eine Rolle vorwärts war. Ich habe einfach kein Talent für Sport.

Aber ich kann mich noch gut erinnern: einigen, die im Sportunterricht über mich gelacht hatten, war ich haushoch in Mathematik überlegen. Mathematik war mein Talent, es machte mir Spaß und ich konnte alles logisch und einfach erkennen. Sollte ich jetzt all jene auslachen, die in Mathematik nicht so großartig waren? Das war nicht mein Ding, denn dann wäre ich ja genau wie die gewesen.

Ist es nicht falsch, die Schwäche des anderen ins Lächerliche zu ziehen? Ich finde schon! Jeder hat seine Schwachheiten, aber jeder hat auch seine Stärken und so auch du.

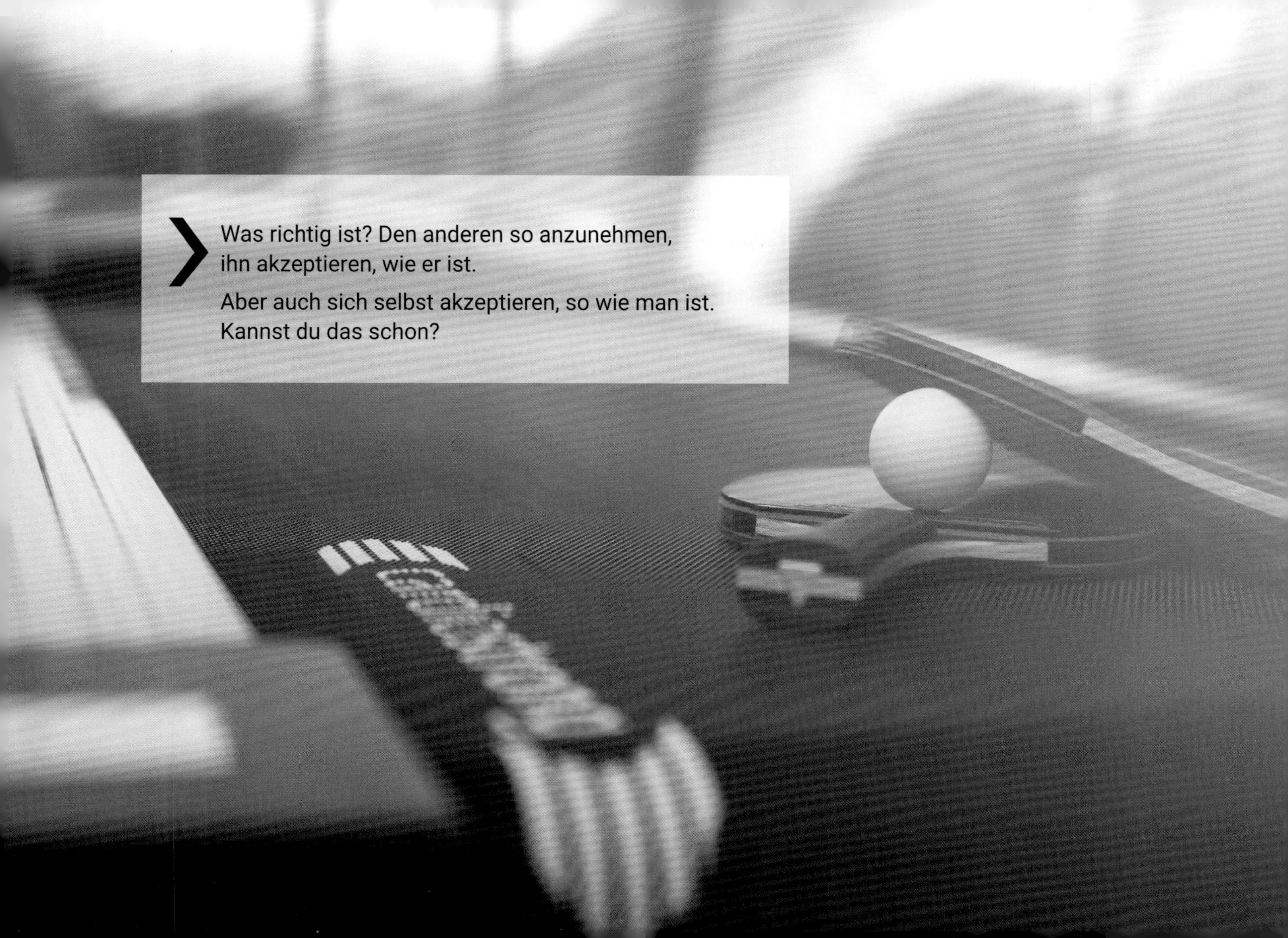

Was richtig ist? Den anderen so anzunehmen, ihn akzeptieren, wie er ist.

Aber auch sich selbst akzeptieren, so wie man ist. Kannst du das schon?

4. FRAGE

KOPIE ODER UNIKAT?

Das frage ich dich - willst du eine Kopie eines Stars sein? Willst du berühmt sein, dass jeder vor lauter Aufregung in Ohnmacht fällt? Dann lass dir sagen, mit 30 Jahren bist du auf einem Abstellgleis und wirst durch eine jüngere Kopie ausgetauscht. Du bist nicht mehr zu gebrauchen, du fühlst dich nicht geliebt, ausgetauscht und leer.

Albert Einstein sagte einmal:
„Der Sinn des Lebens besteht nicht darin, ein erfolgreicher Mensch zu sein, sondern ein wertvoller".

Als Unikat bist du nicht zu kopieren, nicht austauschbar und wirst bis zum letzten Atemzug derselbe sein. Natürlich an Jahren und Wissen gereift, aber das macht dich ja noch interessanter.

Was magst du an dir besonders?
Hast du etwas, wo du sagst, das macht dich aus?

5. FRAGE

WAS SIND DEINE ZIELE?

Ein schnelles, großes Auto, ein Haus, ja warum nicht gleich eine Villa?

„Hast du was, bist du was!“
Ich weiß gar nicht, wer diesen Spruch geprägt hat. Jedenfalls finde ich ihn sehr traurig und leer. Was nützt es einem, wenn man alles im Leben hat und ist dabei unzufrieden? Geld mag ein wenig beruhigen, aber glücklich macht es nicht.

Du kannst dir zwar alles kaufen, aber nicht deinen inneren Frieden. Du wirst immer gehetzt sein, mehr Geld zu haben, denn du jagst diesem inneren Frieden nach.

Welche Ziele hast du dir für dein Leben gesteckt?
Vergiss nicht, dir auch einfache Ziele zu setzen!

6. FRAGE

WAS IST DER INNERE FRIEDEN?

Wenn du einfach aus dem Fenster schauen kannst und zu dir selbst sagen kannst: Ich bin glücklich, so wie es ist. Du brauchst dir von außen kein Glück zu kaufen, sondern bist zufrieden mit dir selbst und deiner Situation, in der du lebst. Dann bist du angekommen und hast den inneren Frieden in dir.

Deswegen ist auch alles so wunderschön, wenn man frisch verliebt ist. Du wirst geliebt und darfst diese Liebe erwidern. Diesen Augenblick des Verliebtseins gibt es in jeder Beziehung am Anfang, aber wenn die Beziehung nicht funktioniert, schlägt das Gefühl schnell in Leid um.

Verstehst du, was ich meine? Die Liebe ist das schönste und reinste, was es gibt, es macht glücklich und zufrieden. Das heißt jetzt nicht, dass du gleich und unbedingt einen Partner brauchst. Es gibt eine noch größere und schönere Liebe, aber da komm ich später noch dazu.

Du hast sicherlich den inneren Frieden schon gespürt.
Kannst du dich noch an die Situation erinnern?
Wie hast du dich dabei gefühlt?

7. FRAGE

WAS RAUBT MIR DEN FRIEDEN?

Ich nenne sie mal die grauen, fiesen und gemeinen Lügenverwalter. Die schleichen um dich herum und flüstern dir in dein Ohr: Schau mal, der Tim hat ein großartiges neues Handy, warum hast du noch das alte Modell? Oder schau mal, die Rebecca hat schon wieder einen neuen Freund, was stimmt nicht mit dir? Du bist viel zu dick oder schau mal, die anderen sind alle viel hübscher als du.

Jetzt liegt es an mir, lass ich mir den Frieden rauben, um unbedingt ein neues Handy zu haben oder bin ich zufrieden mit dem alten Modell? Finde ich mich gut, so wie ich bin, nicht zu dick und nicht zu dünn, genau richtig? Finde ich mich hübsch und lass mir nicht einreden, dass ich hässlich bin?

Gehe ich diesen fiesen, grauen Lügenverwaltern auf den Leim oder erkenne ich die Wahrheit und lass mich nicht verwirren? Es ist nicht unbedingt schlecht, etwas verändern zu wollen, aber man muss es für sich machen und nicht für andere.

Hast du einige dieser Lügen schon aufdecken können?
Wie ging es dir dabei, als du die Lüge entlarvt hast?
Oder bist du noch auf der Suche und konntest jetzt
eine erkennen?

8. FRAGE

WAS IST DAS PROBLEM?

Ich denke, das Problem liegt darin, dass wir denken, auf die Meinung anderer angewiesen zu sein. Das ist wie eine Kettenreaktion. Hat jemand etwas getan, das nicht in Ordnung war, dann versucht er so viele wie möglich um sich zu scharen und mit hineinzureißen, damit er mit diesem schlechten Gefühl nicht allein ist. Dann hörst du bestimmt, wie großartig das war und dass du unbedingt diese Erfahrung auch machen sollst. War es für ihn wirklich so toll?

Einen Fehler einzugestehen und dann die wahre Größe zu haben, dazu auch zu stehen, sprengt diese Kettenreaktion. Wir alle machen Fehler und das ist menschlich.

Du musst für dich erkennen, dass dein Leben wertvoll ist.
Du sollst dich entfalten, zur wahren Schönheit, die in dir ist!
Es ist nicht nur die äußerliche Schönheit, die du schon längst hast, es ist die innere Schönheit. Man nennt es Liebe! Jetzt nicht verwechseln mit Sex! Sex dient in erster Linie zur Fortpflanzung. Man verwechselt das Lustempfinden schnell mit Liebe.

Hast du schon mal gemerkt, dass du manipuliert worden bist?

Hat dich jemand zu einer Entscheidung gedrängt, die in dir ein Unbehagen geweckt hat und du es trotzdem gemacht hast?

9. FRAGE

WAS IST LIEBE?

Liebe ist, den anderen so anzunehmen, wie er ist, mit allen Fehlern und Schwächen. Im anderen aber auch zu erkennen, was für eine Liebe in ihm ist.

Du erkennst diese Liebe, wenn der andere sich nicht verstellt oder jemand anderes sein will. Viele haben noch solche Muster in sich, und wenn sie diese (langsam) ablegen, ist das ein weiteres Zeichen des Erkennens.

Das Größte und wirklich das Schönste, was ich kenne, ist die Liebe. Das ist es auch, was ich vorhin geschrieben habe: Du wirst wirklich geliebt, und wenn du diese Liebe findest, dann bist du zufrieden, glücklich, erfüllt und erkennst, wie einzigartig du bist.

Wahre Liebe ist eine reine und bedingungslose Liebe. Diese Liebe sagt nicht: Du bist hässlich, du musst mehr Geld verdienen, du musst dir die Anerkennung verdienen, du musst, du musst, du musst...
Nein, diese Liebe sagt: Ich liebe dich so, wie du bist!
Wow, das darfst du jetzt erst einmal für dich verinnerlichen. Du bist geliebt, so wie du bist!

Hast du Liebe schon einmal in deinem Leben gespürt?
Und was hat sie in dir bewirkt?

10. FRAGE

UNERREICHBARE ZIELE UND HOFFNUNGSLOSIGKEIT?

Triggerwarning! Warum sind so viele unglücklich? Warum sind so viele unter Druck, etwas erreichen zu wollen? Dieser Druck, jemand sein zu müssen, ist oft einfach nicht auszuhalten. Du denkst dir vielleicht, ich muss besser sein als meine Eltern, ich muss mich mehr anstrengen, damit ich mehr verdiene als sie.
Ich muss in der Schule nur sehr gute Noten haben, alles unter einer 3 ist einfach schlimm.

Das sind manchmal einfach zu hohe Ziele, die unerreichbar sind. Diesen Druck, den machst du dir selbst. Wer hat gesagt, dass du so sein sollst? Aber wenn es jemand sagt: ist es wirklich richtig, ist es gut für Dich? Manche fallen in eine Resignation und Hoffnungslosigkeit: Das kann ich nie erreichen, das schaff ich nie! Aber auch dann: wer hat dir gesagt, dass du es nicht erreichen kannst?

Jeder von uns hat bestimmte Begabungen und Talente. Eines Tages wirst auch du deine entdecken. Aber bitte nicht mit Druck! Kein Baby kann schon mit einem Monat laufen. Es braucht seine Zeit heranzureifen, und eines Tages kann es auch laufen.

Also freu dich jetzt schon darauf, was Besonderes in dir schlummert.

Was belastet dich am meisten?
Hast du diesen Druck schon selbst gespürt,
und wie gehst du damit um?
Welche Talente und Begabungen meinst du zu haben?

11. FRAGE

WAS IST MEIN ZIEL IM LEBEN?

Ich war früher rebellisch und wollte mir von niemandem etwas sagen lassen. Erfahrungen sammeln nennt man das. Die haben manchmal auch weh getan, aber umso mehr blieben sie im Gedächtnis. Umso mehr lernt man, nicht jeden Fehler zweimal zu machen. Learning by burning!

Von Herzen wünsche ich dir, dass du ehrlich, verantwortungsvoll und ein liebender Mensch wirst.
Dass dein Leben nicht auf krummen Bahnen verläuft, sondern du mit Ehrlichkeit deinen Weg pflasterst.
Dass du eine Arbeit findest, die deinem Talent und deiner Begabung entspricht, und du verantwortungsvoll für dein Leben sorgst.

Aber vergiss dabei nie, dass deine Liebe andere Menschen entzündet, sei es dein Partner oder deine nähere Umgebung. Das ist kein unerreichbares Ziel, sondern eine Entscheidung, die du persönlich für dich treffen kannst. Ich weiß, dass du das kannst!

Stell dir doch mal vor, du würdest diese Eckpunkte in deinem Leben berücksichtigen? Dein Leben wird dein Leben sein und du wirst frei sein, frei in deinem Herzen.

12. FRAGE

ABER WIE KANN ICH DIESES ZIEL ERREICHEN?

Wenn du jetzt an einem Punkt angekommen bist, an dem du über dein Leben nachdenkst, dann hast du den ersten Schritt gemacht. Du hast erkannt, dass in deinem Leben etwas nicht in Ordnung ist. Ist da eine gewisse Unordnung in dir?

Jemand sagte mal: „Du hast zwei Leben. Das erste, wenn du geboren bist und das zweite, wenn du erkennst, dass du nur eines hast." Dein Ziel und deine Gedanken waren vielleicht, dass du reich und berühmt sein musst, um jemand zu sein. Vielleicht hast du dich aber auch von außen verunsichern und manipulieren lassen.

Geh deinen Weg! Man kann Ziele erreichen, indem man den ersten Schritt in die Richtung des Ziels macht. Du erkennst dann immer mehr, dass du dich immer um andere gedreht hast und nie wirklich ein Ziel vor Augen gehabt hast.

Ich freue mich mit dir, denn ich kenn diesen Tanz um die Wichtigtuer. Ich gratuliere dir, wenn du beginnst, dich davon zu befreien und du dein eigenes Leben reflektierst, damit du den eigentlichen Sinn darin verstehst.

Was ist dein erster Schritt zu deinem wahren Ziel?
Mit was fängst du an?

13. FRAGE

NIEMAND FRAGT DICH, WER DU BIST?

Ich frage dich jetzt von ganzem Herzen: Wer bist DU?
Hast du erkannt, dass DU einzigartig und unendlich geliebt bist?

Willst DU die Liebe deines Lebens treffen und es mit ihr wagen, ein neues, einzigartiges und wahres Leben zu beginnen? Ein Leben mit Frieden, Freude, Wahrheit und Liebe?
Das ist keine einfache Frage, denn das bedeutet, dass du dich jetzt in einem Spiegel anschauen darfst.

Lege alle falschen Masken nieder und schaue in dein wahres Ich. Lege die Maske der Sorge, des Selbstzweifels, des Hasses, der Minderwertigkeit, ja lege alle Masken nieder, die dein wahres Ich verstellt haben.

Kannst du dein wahres Ich erkennen?
Was genau siehst du?
Was bewegt dich in deinem Herzen?

GESCHAFFT!

Jetzt hast du die 13 Fragen geschafft und ich hoffe, dass du schon Zeit gefunden hast, viel darüber nachzudenken. Ich bin mir sicher, dass dir dann bereits einige Lichter aufgegangen sind. Weißt du, es ist dein Leben, es ist dein Weg. Es liegt in deiner Hand. Du kannst frei wählen:

Wahrheit oder Lüge?
Friede oder Resignation?
Freude oder Hoffnungslosigkeit?

Denn wir ALLE können die Welt verändern! Willst auch du ein Weltveränderer werden? Willst auch du in der Gesellschaft Großes bewirken? Dann liebe!

Good News! Es gibt einen Weg zu lieben und zur Liebe zu werden. Es gibt da jemanden, der dich unendlich viel liebt. Er würde dich nie fallen lassen, er würde dich nie wegstoßen, nein er würde dich immer mit offenen Armen empfangen. Für ihn bist du unendlich wertvoll. Er steht mit offenen Armen jeden Tag vor deinem Herzen und wartet auf DICH!

Es ist Jesus – der DICH bei deinem Namen ruft und der DICH unendlich liebt. Er fragt nicht, WAS du bist, sondern WER du bist!!! Lade ihn in dein Leben ein und du wirst den treuesten Freund, den es gibt, in deinem ganzen Leben zur Seite haben. Ich wünsche dir von Herzen Mut, Ausdauer und alle Liebe in deinem Leben.

DEINE MONIKA WINTER

The Holy Bible

1. KORINTHER 13,4-8

Die Liebe ist langmütig, die Liebe ist gütig.
Sie ereifert sich nicht, sie prahlt nicht, sie bläht sich nicht auf.
Sie handelt nicht ungehörig, sucht nicht ihren Vorteil, lässt sich nicht zum Zorn reizen, trägt das Böse nicht nach.

Sie freut sich nicht über das Unrecht, sondern freut sich an der Wahrheit. Sie erträgt alles, glaubt alles, hofft alles, hält allem stand. **Die Liebe hört niemals auf.**

ÜBER DIE AUTORIN

Monika Winter ist 56 Jahre alt und lebt in der Südpfalz. Sie ist Gründungsmitglied der Initiative Evangelisation:HEUTE! und setzt sich für die Verbreitung des Wortes Gottes ein. Als verheiratete Mutter zweier Kinder und Buchautorin ist sie durch Vorträge, Exerzitien, Fernseh- und Radiosendungen bekannt.

NO
BAD